Ulrich Germania

Impressum

Buchtitel:
Labyrinth der Herzen

Untertitel:
Zwei Liebesgeschichten aus dem Spiegel-Kabinett

Serie:
Romantische Begegnungen auf dem Jahrmarkt

KI-Hinweis:
KI-Geschichte, erdacht und überarbeitet vom Autor

Autor:
Ulrich Germania © 2025

Verlag:
BoD · Books on Demand GmbH, Überseering 33,
22297 Hamburg, bod@bod.de

Druck:
Libri Plureos GmbH, Friedensallee 273,
22763 Hamburg

ISBN: 978-3-8192-1158-4

Inhaltsverzeichnis

Erste Geschichte: Verliebt in ein Spiegelbild

Bildnachweise:
Die Bilder auf dem Buchumschlag sowie die Illustrationen im Buch wurden durch KI generiert und mit Programmen der Foto-Manipulation modifiziert.

KI-Hinweis:
Ulrich Germania hat sich die Charaktere und die Plots ausgedacht, die KI hat die Geschichten geschrieben, dann wurden sie überarbeitet und verbessert.

Kontakt zum Autor:
Ulrich.Germania@online.de

Verliebt in ein
SPIEGELBILD

Das Spiegellabyrinth

Der Jahrmarkt war ein einziges Meer aus Lichtern, Stimmen und verlockenden Düften. Zuckerwatte, gebrannte Mandeln und frittierte Köstlichkeiten verführten die Besucher an jeder Ecke. Das Rattern der Achterbahnen mischte sich mit dem Lachen der Menschen und dem aufgeregten Quietschen kleiner Kinder. Doch mitten in diesem Trubel gab es eine Attraktion, die keine lauten Geräusche machte, aber unglaublich faszinierend war: das Spiegellabyrinth.

Von außen wirkte es unscheinbar. Es war eine große Zeltkonstruktion mit verschnörkelten, leuchtenden Buchstaben, die den Namen verrieten: „Magisches Labyrinth der Spiegel"

Davor stand ein alter Schausteller mit einem gezwirbelten Schnurrbart, der mit tiefer Stimme rief:

„Tretet ein und findet den Weg hinaus, falls ihr es könnt!" Sein verschmitztes Lächeln ließ vermuten, dass dies alles andere als leicht sein würde.

Innen war es eine Welt aus unzähligen Spiegeln, die in verschiedensten Winkeln angeordnet waren. Manche verdoppelten das Bild, andere zeigten eine endlose Kette von Reflexionen. Einige Spiegel waren so makellos, dass man nicht erkennen konnte, ob man auf eine offene Passage zulief oder geradewegs gegen eine Wand marschieren würde. Hier war nichts so, wie es schien. Wer das Labyrinth betrat, verlor binnen Minuten jegliches Zeitgefühl. Orientierung? Fehlanzeige. Die Spiegel waren gnadenlose Trickser, die mit Licht und Perspektiven spielten.

So wurde das Spiegellabyrinth zu einer Herausforderung für jeden, der eintrat. Niemand wusste, wie lange er brauchen würde, um den Ausgang zu finden. Manche irrten eine Ewigkeit umher, bevor sie schließlich lachend und erleichtert ins Freie stolperten. Andere gaben verzweifelt auf und warteten darauf, dass ein Mitarbeiter sie hinausführte. Doch für die meisten Besucher war es ein großes Abenteuer, ein Spiel zwischen Illusion und Wirklichkeit. Genau das zog die Menschen an.

Die umherirrenden Besucher

An diesem Abend wagten sich gleich mehrere Gruppen ins Labyrinth. Zehn Menschen, darunter fünf Frauen und fünf Männer, traten ein und ahnten nicht, was sie erwartete. Schon nach wenigen Minuten war aus dem geordneten Strom von Besuchern ein chaotisches Durcheinander geworden.

Ein verliebtes Pärchen klammerte sich fest aneinander. „Lass mich nicht los!", quiekte die junge Frau, als ihr Freund einmal kurz die Hand löste. Beide lachten verliebt, während sie versuchten, einen Weg hinauszufinden. Doch jedes Mal, wenn sie sich umdrehten, sahen sie sich selbst in endlosen Spiegeln vervielfacht.

Ein Mann mittleren Alters, der versuchte, das Labyrinth mit Logik zu besiegen, blieb immer wieder stehen und studierte die Spiegel. „Wenn ich hier langgehe... nein, das ist eine Täuschung... vielleicht hier?"

Er kratzte sich am Kopf und überlegte.

Eine Gruppe junger Mädchen rannte laut lachend durch die Gänge.

„Ich sehe mich überall!", rief eine von ihnen kichernd. „Wie viele von mir gibt es eigentlich?!"

Ihre Freundinnen lachten, während sie sich gegenseitig in den Spiegeln beobachteten und Grimassen schnitten.

Währenddessen rief ein Mann immer wieder laut: „Hier geht's lang! Ich hab's raus!" – nur um Sekunden später direkt gegen eine Spiegelwand zu laufen. Ein dumpfer Aufprall, ein erschrockenes „Uff!" – und dann das Gelächter der anderen Besucher.

Jeder, der sich ins Labyrinth wagte, erlebte ein kleines Abenteuer. Manche verloren sich, manche fanden sich, und manche standen sich buchstäblich selbst gegenüber.

Carlos und Rosa im Labyrinth

Carlos schlenderte gemütlich über den Jahrmarkt. Er wohnte in der Nähe des Messplatzes und wollte mal kurz schauen, ob es dieses Jahr etwas Neues gab.

Aber er sah nur die üblichen Fahrgeschäfte. Nichts Neues für ihn. Süße Leckereien? Hatte er schon genug gegessen. Doch als er das Spiegellabyrinth sah, wurde er neugierig. So ein Labyrinth hatte er noch nie besucht.

„Warum nicht?", dachte er und trat ein.

Sofort umfing ihn die spiegelnde Welt. Links? Rechts? Geradeaus? Er hatte keine Ahnung. Die Spiegel verzerrten alles, ließen ihn an sich selbst vorbeigehen oder glauben machen, jemand anderes stehe direkt vor ihm. Doch dann – er hielt abrupt inne.

In einem der Spiegel tauchte plötzlich ein Mädchen auf. Sie hatte lange blonde Haare, trug einen kurzen Jeansrock und ein rotes Top, das im Licht des Labyrinths auffällig leuchtete. Ihre Augen funkelten, als sie ihn ansah.

Carlos spürte, wie sein Herz schneller schlug.

Er winkte ihr zu. Sie winkte zurück.

Doch ehe er sie treffen konnte, war sie verschwunden.

Das Labyrinth spielte mit ihm. Immer wieder glaubte er, sie zu sehen, doch es war nur eine Illusion. Die Spiegelbilder zeigten ihm dutzende hübsche Mädchen – aber keine war das blonde Mädchen mit dem roten Top. Manchmal stand sie plötzlich direkt vor ihm – oder so dachte er – und dann erkannte er, dass es nur eine Reflektion ihres Spiegelbildes war.

Doch sie wussten voneinander. Hin und wieder schafften sie es, sich durch die Spiegel hindurch zuzuwinken, sich ein scheues Lächeln zu schenken. Ein flirtendes Suchspiel hatte begonnen, ein Fang-Mich-Spiel zwischen Realität und Illusion.

Und Carlos wusste: Er musste sie finden.

Carlos trifft Marisa

Carlos irrte weiter umher, sein Herz schlug schneller als je zuvor. Doch statt Rosa stand plötzlich eine andere junge Frau vor ihm – diesmal ganz real, kein Spiegelbild.

„Hey, du bist der Typ, der Rosa sucht, oder? Rosa ist das Mädchen mit den blonden Haaren und mit rotem Top." Die Fremde grinste. Sie hatte lange dunkle Haare, trug kurze Jeanspants und ein weißes Oberteil.

Carlos blinzelte. „Ah, sie heißt Rosa? Woher weißt du, dass ich sie suche?"

„Ich bin Marisa, Rosas beste Freundin. Ich habe gesehen, wie du verzweifelt zwischen den Spiegeln nach ihr suchst."

Carlos lachte verlegen. „Okay, erwischt. Ich bin übrigens Carlos. Ich habe sie gesehen und ich glaube es war Liebe auf den ersten Blick. Weißt du, wo sie ist?"

Marisa zuckte die Schultern. „Keine Ahnung. Ich habe sie auch verloren. Aber sag mal – du hast dich echt in ihr Spiegelbild verknallt?"

Carlos seufzte. „Sieht so aus."

Marisa lachte laut.

„Oh Mann, das ist ja der Hammer! Aber gut, Liebeskrieger, ich schlage vor, wir suchen sie zusammen. Du gehst da lang, ich geh' hier lang. Wer sie zuerst findet, nimmt sie an die Hand, damit sie nicht wieder verloren geht!"

Carlos versprach: „Wenn du mir hilfst sie zu finden, gebe ich euch beiden einen Drink aus, falls wir hier gemeinsam rausfinden."

„Abgemacht!", sagte Marisa.

Sie gaben sich ein High Five, schlugen die Hände zusammen, dann trennten sie sich, fest entschlossen, Rosa bald zu finden.

Marisa findet Rosa

Marisa kämpfte sich durch die verwirrenden Spiegel, bis sie plötzlich frontal mit Rosa zusammenstieß.

„Da bist du ja!" rief sie erleichtert und hielt ihre Hand fest. „Ich habe den Typ getroffen, dem du zugewunken hast und der dich sucht. Er heißt Carlos, und du glaubst es nicht – er hat gestanden, dass er sich auf den ersten Blick in dein Spiegelbild verknallt hat!"

Rosa lachte überrascht. „Echt jetzt? Ist ja verrückt! Wir müssen ihn finden! Ich möchte ihn kennenlernen."

Gemeinsam irrten sie weiter durchs Labyrinth, winkten Carlos zu, wenn sie ihn in den Spiegeln sahen – doch der Weg zu ihm blieb ein Rätsel.

Die Mädchen finden Carlos

Rosa und Marisa bewegten sich langsam durch das Labyrinth, diesmal vorsichtiger, diesmal klüger. Sie folgten nicht mehr den Spiegelbildern, die sie ständig in die Irre führten, sondern einem neuen Plan.

„Carlos!" rief Rosa, ihre Stimme hallte durch die verwirrenden Gänge. „Wo bist du?"

Marisa stimmte ein: „Carlos! Antworte uns!"

Lange Zeit kam keine Antwort. Nur ihr eigenes Echo und das leise Lachen anderer Besucher. Die Spiegel verstärkten die Geräusche, warfen sie durcheinander, machten aus einem harmlosen Flüstern eine irreführende Illusion. Doch dann – eine Stimme!

„Ich bin hier!" Carlos' Ruf klang gedämpft, aber eindeutig echt. Die Mädchen hielten den Atem an, lauschten.

„Noch mal!" forderte Marisa.

„Hier drüben! Könnt ihr mich hören?"

Carlos war jetzt deutlicher zu verstehen. Kam die Stimme von rechts? Oder doch von hinten?

Rosa runzelte die Stirn.

„Er muss nah sein, aber diese Spiegel irritieren total."

„Wir dürfen uns nicht täuschen lassen", meinte Marisa bestimmt. „Vergiss die Spiegel, wir folgen nur der Stimme!"

Entschlossen bewegten sie sich weiter. Jedes Mal, wenn Carlos rief, hörten sie genauer hin.

Links, dann eine scharfe Rechtskurve, vorbei an einer Wand aus unzähligen Reflexionen – und plötzlich stand Carlos vor ihnen.

Einen Moment lang starrten sie sich nur an. War das wirklich er? Oder war das wieder nur sein Spiegelbild?

Dann trat Carlos einen Schritt vor – und Rosa warf sich in seine Arme.

„Da bist du endlich!" Ihre Stimme klang atemlos, aufgeregt, erleichtert. Sie spürte, wie sein Herz genauso schnell schlug wie ihres.

Carlos lachte, ließ die Spannung der letzten Minuten von sich abfallen und zog auch Marisa mit in die Umarmung. „Ich dachte schon, ich komme hier nie wieder raus."

Marisa schüttelte lachend den Kopf.

„Tja, aber jetzt haben wir dich gefunden und du hast Rosa gefunden. Jetzt schuldest du uns ein Getränk!“

Carlos grinste. „Ich halte mein Wort. Kommt, lasst uns hier verschwinden, bevor die Spiegel es sich anders überlegen!“

Hand in Hand fanden sie diesmal gemeinsam den Ausgang – lachend, erleichtert und ein wenig verliebt.

Im Biergarten

Die frische Luft draußen fühlte sich nach dem Irrgarten aus Glas wie eine Erlösung an. Noch immer ein wenig aufgeregt steuerten sie gemeinsam den Biergarten an, wo sich die Geräusche von Stimmen, klirrenden Gläsern und einer Live-Band vermischten.

Carlos bestellte drei Getränke, und sie ließen sich an einem freien Tisch nieder. Gerade, als sie sich entspannt zurücklehnen wollten, tauchte plötzlich ein junger Mann auf. Groß, selbstbewusst, mit einem charmanten Grinsen im Gesicht.

„Carlos! Du hier, in so hübscher Begleitung?"

Carlos lachte. „Pedro! Mein Freund, das sind Rosa und Marisa." Er deutete auf Rosa. „Ich war im Spiegel-Labyrinth und habe mich in ihr Spiegelbild verliebt." Dann auf Marisa. „Und sie hat mich vor dem völligen Wahnsinn gerettet."

Pedro zog anerkennend eine Augenbraue hoch, ließ seinen Blick über Marisa wandern und grinste. „Darf ich mich setzen – oder muss ich mit dir erst ins Spiegel-Labyrinth?"

Marisa lachte. „Ich glaube, du würdest dich hoffnungslos verirren. Du darfst dich setzen auf die Gefahr hin, dass du dich direkt in mich verliebst, nicht in mein Spiegelbild."

Pedro lachte und zog sich einen Stuhl heran. „In dich verlieben? Das Risiko nehme ich in Kauf."

Alle brachen in schallendes Gelächter aus und Carlos erhob sein Glas. „Auf Spiegelbilder, Labyrinthe – und auf das, was echt ist."

Die Gläser klirrten, während die Nacht weiterging, voller Gelächter, Musik und Tanz.

Am Ende des Abends hatten sich zwei frisch verliebte Paare gefunden, die sich vornahmen, morgen nochmals gemeinsam einen Bummel über die Kirmes zu machen.

Zweite Geschichte

Zweite Geschichte: Magische Reflektionen

Kapitel 1:

Ein Labyrinth voller Überraschungen

Die alte Kirmes war nur einmal im Jahr geöffnet, und das auch nur für eine einzige Nacht. Es war ein Ort, der von Nostalgie und Geheimnissen durchdrungen war. Die Lichter der Karussells funkelten wie Sterne, und der Duft von Zuckerwatte und gebrannten Mandeln lag in der Luft. Doch das Herzstück der Kirmes war nicht die Achterbahn oder das Riesenrad – es war das legendäre Spiegellabyrinth.

Emma, eine junge Künstlerin mit einem Hang zum Chaotischen, stand vor dem Eingang des Labyrinthes und betrachtete skeptisch das Schild über dem Eingang:

Magisches Spiegellabyrinth - Komm herein, wenn du dich traust!

„Wenn du dich traust? Klingt dramatisch. Aber hey, ich liebe Drama", dachte sie

Emma zuckte mit den Schultern und betrat das Labyrinth. Drinnen war es noch seltsamer, als sie es sich vorgestellt hatte. Die Spiegel waren so angeordnet, dass man kaum sagen konnte, ob man auf einen Ausgang oder eine Wand zuging. Emma lachte nervös, als sie sich selbst in unendlichen Reflexionen sah. „Okay, das ist gruselig. Aber auch irgendwie cool."

Zur gleichen Zeit betrat Luca, ein Wissenschaftler mit einem Faible für Logik und Ordnung, das Labyrinth auf der anderen Seite. Er hatte von den Gerüchten gehört, dass das Labyrinth „verflucht" sei, und war entschlossen, den „Fluch" wissenschaftlich zu widerlegen.

„Ein Fluch? Lächerlich", murmelte er, während er einen kleinen Notizblock hervorzog, um seine Beobachtungen festzuhalten.

„Das ist nur ein Trick mit Licht und Spiegeln."

Doch das Labyrinth hatte andere Pläne.

Emma wanderte durch die Gänge und begann, mit den Spiegeln zu sprechen, als wären sie lebendig.

„Okay, du da", sagte sie zu einem Spiegel, der ihr Spiegelbild in einem seltsamen Winkel zeigte. „Bist du der Ausgang oder nur ein gemeiner Trick?"

Plötzlich hörte sie eine Stimme aus einem anderen Gang.

„Hallo? Ist da jemand?"

Emma drehte sich um und sah einen Mann, der durch die Spiegel zu ihr durchzuschauen schien. Er hatte dunkles Haar und sah aus, als hätte er sich im Labyrinth verlaufen.

„Oh, hallo!" rief sie. „Bist du auch verloren?"

„Verloren? Nein, nein", antwortete Luca hastig. „Ich... äh... erforsche nur die Struktur dieses Labyrinthes."

Emma hob eine Augenbraue.

„Erforschen? Du meinst, du bist verloren, aber zu stolz, es zuzugeben?"

„Was? Nein!" Luca räusperte sich. „Ich bin Wissenschaftler. Ich erforsche Dinge. Das ist mein Job."

„Aha", sagte Emma grinsend. „Und wie läuft die Forschung? Hast du schon herausgefunden, wie man hier rauskommt?"

„Nun, äh… noch nicht", gab Luca widerwillig zu. „Aber ich arbeite daran."

Emma lachte. „Na dann, viel Glück, Herr Wissenschaftler. Ich hoffe, du findest den Ausgang, bevor das Labyrinth dich in den Wahnsinn treibt."

„Das wird es nicht", sagte Luca entschlossen. „Ich bin immun gegen solche Tricks."

„Oh, wirklich?" Emma lehnte sich gegen einen Spiegel und verschränkte die Arme. „Dann viel Spaß bei deiner… Forschung."

Während die beiden weiter durch das Labyrinth irrten, begannen die Spiegel, ihre Magie zu entfalten.

Emma sah immer wieder Luca in den Spiegeln auftauchen, selbst wenn er gar nicht in der Nähe war.

Und Luca bemerkte, dass Emma ihn aus den Reflexionen heraus anzulächeln schien, obwohl sie eigentlich in einem anderen Gang war.

„Das ist doch albern", murmelte Luca, als er sich dabei ertappte, wie er zurücklächelte. „Das ist nur ein Trick. Das kann nicht echt sein."

Doch je länger sie im Labyrinth waren, desto mehr begannen sie, sich auf die seltsame Verbindung einzulassen, die die Spiegel zwischen ihnen schufen.

Und obwohl sie es nicht wussten, war das nur der Anfang einer völlig verrückten, magischen und unglaublich romantischen Nacht.

Kapitel 2:

Spiegel, Spiegel an der Wand**

Emma und Luca irrten weiter durch das Labyrinth, jeder auf einer anderen Seite, aber irgendwie miteinander verbunden durch die magischen Spiegel.

Emma begann, die Situation zu genießen. Sie fand es unglaublich amüsant, wie Luca versuchte, logisch und wissenschaftlich an das Labyrinth heranzugehen, während er gleichzeitig immer wieder in den Spiegeln auftauchte und sie anstarrte.

„Also, Herr Wissenschaftler", rief Emma durch die Gänge, „Bist du immer noch dabei, die Spiegel zu analysieren?"

„Ich analysiere nicht die Spiegel", antwortete Luca, der sich bemühte, ernst zu bleiben. „Ich untersuche die Struktur des Labyrinthes."

„Aha", sagte Emma grinsend. „Und wie läuft die Untersuchung? Hast du schon herausgefunden, warum du ständig in den Spiegeln auftauchst, in die ich hineinsehe?"

„Das ist nur ein optischer Trick", erklärte Luca. „Die Spiegel sind so angeordnet, dass sie Reflexionen erzeugen, die…"

„Ja, ja, ja", unterbrach Emma ihn. „Ich weiß, wie Spiegel funktionieren. Aber das erklärt nicht, warum du immer wieder auftauchst. Vielleicht mag das Labyrinth dich einfach."

„Das Labyrinth mag mich?" Luca hob eine Augenbraue. „Das ist lächerlich."

„Na ja, vielleicht mag es mich auch", sagte Emma mit einem verschmitzten Lächeln. „Oder vielleicht mag es uns beide zusammen. Wer weiß?"

Luca schüttelte den Kopf. „Das ist doch albern. Spiegel haben keine Gefühle."

„Vielleicht nicht", sagte Emma. „Aber sie können einem zeigen, was man wirklich will. Und vielleicht will das Labyrinth, dass wir uns kennenlernen."

„Das ist doch…" Luca suchte nach den richtigen Worten. „Das ist doch völlig irrational."

„Ja, aber es ist auch irgendwie romantisch", sagte Emma. „Findest du nicht?"

Luca seufzte. „Ich bin Wissenschaftler. Romantik ist nicht so mein Ding.“

„Oh, das ist schade“, sagte Emma. „Romantik ist nämlich genau mein Ding. Und ich finde, du solltest Romantik mal ausprobieren.“

„Ausprobieren?“ Luca runzelte die Stirn. „Wie soll das gehen?“

„Na ja, du könntest zum Beispiel versuchen, mir ein Kompliment zu machen“, schlug Emma vor.

„Ein Kompliment?“ Luca dachte einen Moment nach. „Nun, äh... du hast ein sehr... interessantes Lachen.“

Emma lachte. „Interessantes Lachen? Das ist das seltsamste Kompliment, das ich je gehört habe.“

„Na ja, ich bin eben Wissenschaftler“, sagte Luca entschuldigend. „Ich bin nicht so gut in solchen Dingen.“

„Das merke ich“, sagte Emma grinsend. „Aber weißt du was? Das macht es nur noch lustiger.“

Kapitel 3:

Die Magie der Spiegel

Während Emma und Luca weiter durch das Labyrinth irrten, begannen die Spiegel, ihre Magie noch stärker zu entfalten. Sie zeigten ihnen nicht nur ihre eigenen Reflexionen, sondern auch Szenen aus ihrer gemeinsamen Zukunft – Szenen, die so realistisch und detailliert waren, dass sie kaum glauben konnten, was sie sahen.

Emma sah sich selbst und Luca bei einem Picknick im Park, wie sie gemeinsam lachten und die Welt um sich herum vergaßen.

Luca sah sich selbst und Emma bei einem romantischen Abendessen, wie sie sich tief in die Augen blickten und die Zeit stillzustehen schien.

„Das ist doch verrückt", murmelte Luca, als er die Szenen in den Spiegeln sah. „Das kann doch nicht echt sein."

„Vielleicht ist es nicht echt", sagte Emma. „Aber es wäre doch schön. Und das ist doch das Wichtigste, oder?"

„Ich weiß nicht", sagte Luca zögernd. „Ich bin Wissenschaftler. Ich glaube an Fakten, nicht an Gefühle."

„Na ja, vielleicht solltest du mal anfangen, an Gefühle zu glauben", sagte Emma. „Denn Gefühle sind das, was das Leben lebenswert macht."

„Das ist doch…" Luca suchte wieder nach den richtigen Worten.

„Egal was es ist, es ist auch wunderschön", sagte Emma. „Findest du nicht?"

Luca seufzte. „Vielleicht hast du recht. Vielleicht sollte ich mal anfangen, an Gefühle zu glauben."

„Das ist der Geist", sagte Emma grinsend. „Und weißt du was? Ich glaube, das Labyrinth mag uns wirklich."

„Ja, vielleicht", sagte Luca lächelnd. „Vielleicht mag es uns wirklich."

Kapitel 4:

Der Ausgang

Nach einer gefühlten Ewigkeit fanden Emma und Luca schließlich den Ausgang des Labyrinthes. Sie traten hinaus in die kühle Nachtluft und atmeten tief durch.

„Wow", sagte Emma. „Das war… intensiv."

„Ja, das war es", sagte Luca. „Aber es war auch… schön."

„Schön?" Emma hob eine Augenbraue. „Das ist das erste Mal, dass du dieses Wort benutzt. Bist du sicher, dass du ein Wissenschaftler bist?"

„Ja, ich bin sicher", sagte Luca lächelnd. „Aber vielleicht bin ich, seit ich dich kenne, jetzt auch ein bisschen Romantiker."

„Das gefällt mir", sagte Emma. „Vielleicht sollten wir das Labyrinth irgendwann noch mal besuchen. Nur um sicherzugehen, dass es wirklich magisch ist."

„Ja, vielleicht sollten wir das", sagte Luca.

„Aber dann ohne Notizblock", forderte Emma.

Luca lachte.

„Abgemacht. Ohne Notizblock.“

Und so endete ihre Nacht im Spiegellabyrinth – mit einem Lächeln, einem Versprechen und der Gewissheit, dass die Magie der Liebe manchmal dort zu finden ist, wo man sie am wenigsten erwartet.

Kapitel 5:

Die Magie des Alltags

Die Nacht im Spiegellabyrinth hatte etwas verändert. Emma und Luca hatten sich zwar erst vor wenigen Stunden kennengelernt, aber es fühlte sich an, als wären sie schon immer Teil des Lebens des anderen gewesen.

Nachdem sie das Labyrinth verlassen hatten, beschlossen sie, den Rest der Kirmes gemeinsam zu erkunden. Die Lichter, die Geräusche und die Gerüche schienen plötzlich noch intensiver, noch magischer zu sein.

„Weißt du, was ich gerade denke?" fragte Emma, während sie an einem Stand mit Zuckerwatte vorbeigingen. „Dass wir uns ohne das Labyrinth vielleicht nie begegnet wären."

„Stimmt", sagte Luca und lächelte. „Und ich bin froh, dass wir uns in diesem Labyrinth getroffen haben."

„Ich auch", sagte Emma und nahm seine Hand. „Und weißt du was? Ich glaube, das Labyrinth hat uns nicht nur miteinander bekannt gemacht, sondern auch gezeigt, was wir wollen.

„Das ist eine interessante Theorie", sagte Luca. „Aber ich bin immer noch Wissenschaftler. Ich brauche Beweise."

„Beweise?" Emma lachte. „Na gut, dann lass uns den Beweis erbringen. Erinnerst du dich, dass die Spiegel uns bei einem gemeinsamen Essen gezeigt haben? Wie wäre es, wenn wir uns morgen wieder treffen? Außerhalb des Labyrinthes, ohne Magie, ohne Spiegel. Nur wir beide."

„Das klingt nach einem guten Plan", sagte Luca. „Aber wo?"

„Wie wäre es mit dem Park bei der alten Eiche?" schlug Emma vor. „Da ist es ruhig und schön."

„Perfekt", sagte Luca. „Dann sehen wir uns morgen um drei Uhr dort."

„Abgemacht", sagte Emma und grinste. „Und komm bitte ohne deinen Notizblock."

„Ohne Notizblock", versprach Luca und lachte.

Kapitel 6:

Ein Date im Park

Der nächste Tag war sonnig und warm, perfekt für ein Date im Park. Emma hatte sich ein sommerliches Kleid angezogen und trug einen kleinen Picknickkorb bei sich.

Luca, der pünktlich wie immer war, wartete bereits unter der alten Eiche. Er hatte eine Decke ausgebreitet und ein paar Bücher mitgebracht.

„Du hast an alles gedacht", sagte Emma, als sie sich auf die Decke setzte. „Bücher, Decke, sogar eine Flasche Wein!"

„Nun, ich dachte, wir könnten ein bisschen Romantik gebrauchen", sagte Luca und lächelte. „Außerdem habe ich gelesen, dass Picknicks oft romantisch sind."

„Das stimmt", sagte Emma und lachte. „Aber schau, ich habe auch an etwas zu essen gedacht."

„Lass sehen", sagte Luca und öffnete Emmas Picknickkorb.

Emma erklärte: „Ich habe Sandwiches, Obst und sogar ein paar Pralinen."

„Wow, du hast an alles gedacht, was man für ein romantisches Picknick braucht", sagte Luca beeindruckt.

„Es scheint, dir gefällt die Romantik."

„Ich lerne schnell", sagte Luca und zwinkerte Emma zu.

Während sie aßen und redeten, merkten sie, dass die Magie des Spiegellabyrinthes sie auch außerhalb des Labyrinthes begleitete. Sie lachten über die absurden Situationen, in denen sie sich befunden hatten, und teilten ihre Träume und Hoffnungen.

„Weißt du, was ich mir wünsche?" fragte Emma, während sie sich zurücklehnte und in den Himmel blickte. „Dass wir immer so glücklich sind wie jetzt."

„Das wünsche ich mir auch", sagte Luca und nahm ihre Hand. „Und ich glaube, dass wir es sein werden."

„Das ist schön", sagte Emma und lächelte. „Weißt du, was ich noch denke?"

„Was?" fragte Luca.

„Dass das Labyrinth vielleicht doch kein Fluch war", sagte Emma. „Sondern ein Segen."

„Ja, das war es", sagte Luca und lächelte. „Ein Segen, der uns zusammengebracht hat."

Kapitel 7:

Ein neuer Anfang

Die Tage vergingen, und Emma und Luca verbrachten immer mehr Zeit miteinander. Sie erkundeten die Stadt, gingen ins Kino, besuchten Museen und genossen einfach die Gesellschaft des anderen.

Die Magie des Spiegellabyrinthes schien sie weiterhin zu begleiten, auch wenn sie es nicht mehr betraten.

„Weißt du, was ich gerade denke?" fragte Emma eines Abends, als sie gemeinsam auf dem Sofa saßen und einen Film schauten. „Dass wir vielleicht irgendwann wieder ins Labyrinth gehen sollten."

„Wirklich?" fragte Luca überrascht. „Warum?"

„Nun, vielleicht um zu sehen, ob die Magie noch da ist", sagte Emma. „Oder einfach nur, um uns daran zu erinnern, wie alles angefangen hat."

„Das klingt nach einer guten Idee", sagte Luca. „Aber ohne Notizblock", forderte Emma.

„Ohne Notizblock", versprach Luca und lachte.

Kapitel 8:

Die Magie bleibt

Ein Jahr später standen Emma und Luca wieder vor dem Spiegellabyrinth. Sie hatten beschlossen, an ihrem Jahrestag zurückzukehren und die Magie noch einmal zu erleben. Hand in Hand betraten sie das Labyrinth und ließen sich von den Spiegeln verzaubern.

„Weißt du, was ich gerade denke?" fragte Emma, während sie durch die Gänge wanderten. „Dass wir vielleicht nie wissen werden, ob das Labyrinth wirklich magisch ist oder ob es nur unsere eigene Magie war."

„Vielleicht ist es beides", sagte Luca. „Vielleicht ist die Magie des Labyrinthes die Magie, die wir in uns tragen."

„Das ist schön", sagte Emma und lächelte. „Und weißt du was? Ich glaube, dass wir diese Magie immer in uns tragen werden."

„Ja, das werden wir", sagte Luca und küsste sie. „Für immer."

Und so endete ihre Geschichte im Spiegellabyrinth – mit einem Lächeln, einem Kuss und der Gewissheit, dass die Magie der Liebe sie immer begleiten würde.

Weitere Bücher des Autors

Wenn Ihnen diese lieben Kirmes-Geschichten gefallen haben, dann gefallen Ihnen bestimmt auch andere Kurzgeschichten, die sich Ulrich Germania ausgedacht hat. Viele Geschichten erzählen von romantischen Begegnungen an ungewöhnlichen Orten.

KI-Hinweis: Für die folgenden Geschichten gilt: Ulrich Germania hat sich die Charaktere und den Plot ausgedacht, die KI hat die Geschichten geschrieben, dann wurden sie überarbeitet und verbessert.

Kirmes der Herzen
Kurze, kitschige Kirmesgeschichte

Doktoren auf der Kirmes
Kein Arztroman, aber fast.

Die Liebesgöttin auf der Kirmes
Jahrmarkt-Begegnung mit mystischem Flair

Zuckerwatte der Verdammnis
Gruselige Geschichte vom Jahrmarkt

Liebe in Kostümen
Begegnungen auf einem Cosplay-Event

Erst die Rache, dann die Braut

Cowboy-Western mit Duell und Liebe auf den ersten Blick. In mehreren Sprachen erhältlich.

Zenola

Ihr Herz war unverkäuflich.
Die Indigene und ihr Mariachi

Talahon Bilderbücher, Buchserie

Finde die Unterschiede!
Suchspiel Bilderbücher für Erwachsene

Chaya und Talahon in der Shisha-Bar,
Buch 1 bis 3

Die Chayas chillen auf der Kirmes

Die Chayas chillen wieder auf der Kirmes

Chaya und Talahon auf der Kirmes

Talahons mit Chaya auf der Kirmes

Ulrich Germania
ERST DIE RACHE
DANN DIE BRAUT

Ulrich Germania
Kirmes
der
Herzen

DIE
LIEBESGÖTTIN
AUF DER
KIRMES
Ulrich Germania

Ulrich Germania
DOKTOREN
auf der Kirmes

ZUCKERWATTE
der VERDAMMNIS
ULRICH GERMANIA
ZUCKERWATTE
der VERDAMNIS
Ulrich Germania